ランドセル俳人の五・七・五

いじめられ
行きたし行けぬ
春の雨

――11歳、不登校の少年。
生きる希望は俳句を詠むこと。

小林 凜

ブックマン社

不登校の少年凜君は
俳句をつくり始めたことで
いじめに耐えた。
春の陽に彼は輝く。

日野原重明

ブーメラン返らず蝶となりにけり

生まれしを幸かと聞かれ春の宵

強風にあおられまいとしじみ蝶

いじめ受け土手の蒲公英《たんぽぽ》一人つむ

いじめ受け春も暮れゆく涙かな

いじめられ行きたし行けぬ春の雨

第3種郵便物認可

10歳のいま 刻む五七五

貝見れば海の思ひ出香り立つ

俳句人口の年齢層は広がりをみせているが、朝日俳壇で入選を重ねる少年がいる。俳号は「小林凜《りん》」。幼稚園の時、一茶の句と出合ったのがきっかけだった。みずみずしい感性を、五七五のリズムに軽やかに乗せ、10歳の現在を詠む。

大阪府岸和田市の小学4年生、小林凜くん（本名・西村凜太郎）は、多いときで俳句を日に3句作る。出ない時は何日も出ない。母の史《ふみ》さん(48)から「スランプやねえ」と言われると、悔しそうな顔をする。

昆虫・花…リズムに乗せ

好きな俳人は小林一茶、松尾芭蕉、正岡子規。彼らの句をそらんじ、俳号も一茶からとった。

俳句が生まれるのはたいてい外。大好きな昆虫や花、太陽を見ると一句できる。口から出て来た句を、史さんが携帯電話で入力しメモする。

そうやって生まれた一句を昨年12月、思い切って朝日俳壇に投稿したら、選者の長谷川櫂《かい》さんの10句に入った。毎週約5千通の投句のなか、大人に交じっての初投句初入選だった。

紅葉で神が染めたる天地かな

これが励みになった。いらは「3日間は生死が分からない」と言われた。その後も年に2～3回の入院を重ねた。

凜くんが生後10カ月の時、史さんは離婚した。同じ頃、史さんは読み聞かせを始め、幼い凜くんと、本や絵本を読んだ。幼稚園年長の時に出合ったのが一茶の俳句。最初の俳句はすぐ出来た、「ヤイヤンマー　風のしぶきで　とんでいく」。

小学校に入学した凜くんは、よくつらい思いをした。体は成長したものの、動かしづらく運動が苦手だった。乱暴な同級生につね出し、俳句作りのパートナーになった。紅葉、すすきの穂、風……面白い発見があると、五七五にするようにうながした。「あの頃はお母さんと私だけが彼のファンやった」と郁子さん。

通級指導教室の先生が守ってくれ、通常の教室に通えるようになった。最近は入院もしなくなったが、「この子に俳句があってよかった」と史さんも話す。

東日本大震災が起きて、自分と同い年の少年が家族をさがす記事を読んだ凜くんは、2句を作った。

名をかかげ避難所まわる9歳よ

（2011年9月12日 朝日新聞）

朝日新聞（夕刊）

自宅の部屋で。俳句に合わせて絵を描く小林凜くん＝大阪府岸和田市

幼稚園から句作

い句ができると、朝日俳壇に送る。

影長し竹馬のぼくピエロかな（金子兜太選、2011年2月）

黄金虫色とりどりの動く虹（長谷川選、6月）

ブーメラン返らず蝶《ちょう》となりにけり（長谷川選、7月）

万華鏡小部屋に上がる花火かな（金子選、7月）

俳句を作って一番うれしい時は？ときくと、「朝日俳壇に入選すること」と即答した。月曜日の朝は、朝日新聞が届くのが待ち遠しい。

凜くんは944㌘で、月足らずで生まれた。医者か

られ、たたかれ、体はあざだらけ。史さんは「学校へ行かんでいい」と言った。

同居する祖母の郁子さん(73)は、朝日新聞大阪版の記事を通じて文通していた、アメリカ在住で障害児教育の第一人者であるカニングハム久子さんに相談した。凜くんの俳句を読んだカニングハムさんからは、「この感性は素晴らしい。たくさん作りなさい。絵も一緒に描くように」とアドバイスがあった。

手に力が入りにくいため、鉛筆を握るのは苦手だが、丁寧に色を重ねていく。働いている母に代わり、祖母が朝から森に連れ

初ホケキョこの声届け被災地に

身近なことから社会に目を向けるようになった。

最近は、俳句入門書で学び始めた。投句では「紅葉や」だったのを、「紅葉で」と長谷川さんが添削した。「なぜ直されたのか？」と、母子は一緒に考え、切れ字や季語、本歌取りなど、俳句のルールにたどりついた。

記者にみせようと、取材日の朝につくった句。

貝見れば海の思ひ出香り立つ

夏休みの思い出を詠んだという。潮の香りが漂ってきた。

（宇佐美貴子）

「俳句への挑戦」

この日本には、いじめられている人がたくさんいる。僕もその中の一人だ。いじめは一年生から始まった。からかわれ、殴られ、蹴られ、時には「消えろ、クズ！」とののしられた。それが小五まで続いた。僕は生まれる時、小さく生まれた。「ふつうの赤ちゃんの半分もなかったんだよ、一キロもなかったんだよ」、とお母さんは思い出すように言う。

だから、いじめっ子の絶好の標的になった。危険ないじめを受けるたびに、不登校になってしまった。そんな時、毎日のように野山に出て、俳句を作った。

「冬蜘蛛《ぐも》が糸にからまる受難かな」

これは、僕が八歳の時の句だ。

「紅葉で神が染めたる天地かな」

この句は、僕のお気に入りだ。

僕は、学校に行きたいけど行けない状況の中で、家にいて安らぎの時間を過ごす間に、たくさんの俳句を詠んだ。僕を支えてくれたのは、俳句だった。不登校は無駄ではなかったのだ。いじめから自分を遠ざけた時期にできた句は、三百句を超えている。

今、僕は、俳句があるから、いじめと闘えている。

――小林凜

ランドセル俳人の五・七・五
いじめられ行きたし行けぬ春の雨
——11歳、不登校の少年。生きる希望は俳句を詠むこと。

目次

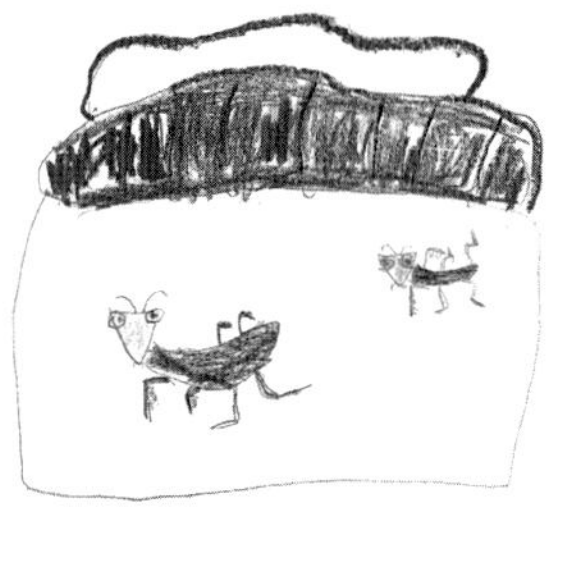

今日も張り切って不登校　――そして凜の俳句は生まれた　母・史

「一句出たぁ！」「よし！」「秀作！」

今日も我が家に響く「褒め言葉」。駄作でも全部「秀作！」と言う。そして、母（私）と祖母（私の母）は手を取り合って喜びのダンス。息子は嬉しそうに鼻を膨らませ目が輝く。息子の名は凜太郎。そして俳号は小林凜。

物心つくころから他の子よりもできないことの多い自分を感じている凜には、他から認められることが何よりの教育と、母と祖母との暗黙の褒め方にしている。母は軽やかに、祖母はよたよたと、リビングを揺るがす。凜は祖母のダンスを「ゴリラ踊り」と言い、大笑いで褒めの儀式は終わる。それが凜の句作の楽しみとなったのか。

凜は二〇〇一年の五月、予定日より三ヶ月早く、九四四グラムの超低体重児で生まれた。医師からは「命がもつか、まず三日間待ってください」と言われた。

保育器の中で、サランラップを巻かれて全身に管を何本もつけた、今にも消え入りそうな小さな命。それが我が息子との初対面だった。生まれてすぐの試練に息子は耐えた。三日過ぎてもその小さな心臓は動いてくれていた。この子を生かす、何としてでも、この子を生かそう――母親の切なる願いを、凜は叶えてくれた。

長い保育器治療から退院し、以後、何年も続く小児科・眼科・脳外科への通院の日々。水頭症の疑いもあり、年に一度はＭＲＩ検査を受けなければならない。頭部の打撲には注意すること、と何度も医師に言われた。年に二回入院したこともある。命取りになる、と注意を受けた感染症におびえながら、薄氷を踏む思いの子育てだった。ある事情から、生後十ヶ月で夫との別居を決め、私は息子を連れて実家に戻った。

以後、凜は祖父母と私の四人家族で暮らしてきた。凜が一歳の時に私は教職の仕事に復帰し、日中の世話は祖母が引き受けてくれた。通院時は、祖父母が凜を連れて大学病院へ向かい、私は職場から病院へ直行というリレー受診が続いた。ＲＳウィルス、喘息《ぜんそく》様気管支炎などで度重なる入院時も、仕事を休めなかった私のために、昼間は祖母が付き添って、夕方から私と交代した。入院が私の勤める学校の卒業式と重なった時は、式服一式を病室に持ち込み、病室で夜を明かしたこともある。

四歳の時に、カトリック系の私立幼稚園に入園。優しいシスターのまなざしに見守られて、幸せな二年間を過ごした。凜の俳句にときどき「神」という言葉が登場するのは、幼稚園での教えが大きい。また、この頃、凜はテレビや絵本で俳句と出会う。私や祖父母から、俳句を教えたことはない。だが気づけば凜は、自分の思いを指を折らずとも、五・七・五の十七文字で表現するようになった。凜の口から次々と溢れだす十七文字を、私と祖母は時に驚嘆し、時に涙しながら、ノートに書き留めていった。

字を覚えてからは本を読むことが大好きになり、物語から科学小説、理科系のものには興味津々、ユーモラスなフィクションも読みだすと止まらない。しかし筆圧が弱く、文字を書くこと・絵を描くことが苦手だった。卒園時には体格もようやく平均に追いついてきたが、脚力も腕力も弱かった。

小学校入学時、視知覚に問題があり、距離感を取りにくい為、交通事故の心配から、祖母か私同伴の登下校が始まった。ランドセルを背負うようになるまでこの子が育ってくれたことを奇跡と喜び、神様に感謝する一方で、それは艱難辛苦《かんなんしんく》の日々の始まりであった。ある程度のいじめは、覚悟していた。小さな子ども同士だ、小さくて力も弱い凜が、同級生の心無い一言で傷つくことはあるだろう。しかし、実際に教室で起こり始めたことは、家族の想像を遥かに超えていたのである。凜は当時まだ、ぎこちない歩き方だった。バランスを取るため、両手をひらひらとさせながら歩くのを「オバケみたい」とからかう子がいて、それが火種となって、朝、登校するなり「凜がきたぁ！」と教室の扉を閉めて中に入れてもらえない。ようやく入れてもらえたところで、寄ってたかって、小突き回す。なんとか席に着くと、床を這いながら近づいてきた男子が足を引っ掻く、さらに、腕を雑巾を絞るように後ろからねじ上げる。

「凜ちゃん、いじめられて毎日泣いてる。見てられへん」と女の子がある日、そっと教えてくれた。同級生の保護者からもいじめの実態を知らされ、愕然《がくぜん》とした。

入学して一週間目。突然後ろから突き飛ばされて左顔面強打。目が開けられないほどの腫脹《しゅちょう》。凜にとって頭部の打撲は命取り。入学前に、「頭部の打撲は必ず家庭連絡を」と書類にも記載して頼んでいたにもかかわらず、家族が知ったのは下校時、痛々しい顔面を見た時だった。担任の先生は、即座に「一人でこけました」と言ったが、凜は「違うよ、後ろから誰かに突き飛ばされた」と主張した。

あまりの痛さに起き上がれず、「誰なのかは確認できなかった、でも、女の子が職員室に先生を呼びに言ってくれたんだ」と。しかし、そのまま担任の先生はお茶を濁《にご》した。

その後しばらくして、一緒にお風呂に入った時、横腹に大きく真っ青な皮下出血の跡を見つけた時は悲鳴をあげた。もう少し上なら腎臓部だ。「どうしたの!?」と尋ねると、同級生○○の名前をあげ、突き飛ばされて椅子の角に腰を打ちつけたのだという。その件を、さっそく担任に連絡帳で抗議したが、返事はこうだ。

「○○は自分ではないと言っています。周りの子にも聞きましたが、誰か不明です」

今度ばかりは私の気持ちもそれでは収まらず、怪我の状態を写真に撮っていたので、それを担任に見せると、五日も経ってから、今まで凛がいじめられたことのない大人しい子の名前を電話で告げてきた。「本人も認めています。他の子どもたちも証言しています」。

それは凛の告げた子とは別の子だった。私は首をかしげた。大人ですら責め立てられると認めてしまう冤罪《えんざい》があるではないか。担任はその子を凛に謝罪させて済まそうとした。凛は頑として「君ではないから謝らなくていい」と言い張ったが、無理矢理謝罪を受けさせられたという。今でも凛は「あの子は無実だ」と言う。その子の名は、その後のいじめにも、一度も出てきたことはない。そんな謝罪劇でいじめが収まるわけもない。

耐えきれなくなった祖母が、ある時、担任の先生に面談を申し込んだ。彼女は座るなりパッとノートを開き、一度も顔を上げることなく、ひたすら祖母の言葉を書き続けていたという。話すのを止めると、ペンを止めたまま顔も上げないでじっと待っているのだという。そして突然入室してきた別の男性教師が、自己紹介もせずに、目の前でどかっと斜めに座り脚を組んだ。祖母が話している間、終始腕組みをしたまま無言で目を閉じ、身じろぎもしない。一度だけ目を開けたが、それは腕時計を見るためだった。三十分も経った頃、担任はようやく顔を上げ、初めてそこで祖母と目を合わせ、平然とこう言ったという。

「凜太郎さんも鉛筆を落としたり、時間割を教えてもらったり、周りに迷惑かけてます」

私はその報告を受けて、唖然《あぜん》とするしかなかった。同席した男性教師は教頭であることを後から知った。思えばこの時に不登校を決断するべきだった。それから数週間後の日曜日の夜、凜が初めて私にこう訴えた。「僕、学校に行きたくない。○○が僕の顔を見るたびに空手チョップするねん。僕、机の下に隠れるねん」。

決して弱音を言わなかった凜の初めての訴えに、只事《ただごと》ではないと感じた。仕事を休めない私に代わって、翌日、祖母が一日参観を申し込み、壮絶ないじめを目の当たりにした。一年生は、当人の家族が見ていても平気で日常のいじめを見せつけてくれた。昼休み、祖母からメールが入った。「午前中で参観を終わろうと思ったが、なぜか胸騒ぎがするので、もう一度学校に行く」とあった。祖母が教室の手前まで来ると、中が騒がしい。見れば、凜の読んでいた本を取り上げて数人の男子がパスし合い、凜は「返して!」と叫びながら、右に左に本を追って走り回っている。さながら教室は「いじめの無法地帯」だった。まもなく職員室から担任が来て、やった方の言い訳だけを聞き、「子どもたちは凜太郎さんに本を渡そうとしてパスしていた」と奇妙な弁明をして、やられた本人と祖母の目撃は一切無視した。

学校と話し合いを持ち続けたが、光が見えない日々のまま一学期が終わった。二学期に入っても、事態は変わらなかった。

「先生は僕がいじめを訴えても〝してない、してない〟と受け付けてくれない」「○○が両手の人指し指を後ろからお尻に突っ込んで、毎日僕にカンチョーする」――私はついに休みを取り、祖母と学校に行った。校門に居た男性教師と一緒に校舎に入った時、前方の階段から、凜が転がるように降りて来た。後ろからカンチョーいじめの○○が追いかけて来る。凜は職員室の方向に走る。異変を感じた私たちも走った。職員室の入り口に倒れ込んで助けを求める凜。追って来た○○は私たちの顔を見るなり逃げた。そこに担任が現れ、「してない、してない」と言いながら、倒れている凜の手をやれやれといった様子で引っ張り上げた。凜の顔は表情を失い、蒼白になっている。いみじくも私たちは、担任が凜に向かって言う「してない」を直接聞いた。

凜、ごめんね、ここは、地獄だったよ。

この後、教室で懇談した。さっきの場面を私たちに見られていたことを、担任は知ったらしい。同席した教頭と座るなり「すみません、見ていませんでした。見ていないのに思い込みでそう言いました」と二人で頭を下げた。子どもが訴えても教師に隠ぺいされては子どもに救いはないと、この時に悟った。

こうして、「学校へ行かせない」と決断した時、通級指導教室の先生が「私が凜ちゃんを引き取ります」と言ってくれ、一年生の後半はなんとか登校した。しかし、二年生になりクラスが変わると、新たないじめが始まった。いきなり後ろから来て両足首をつかんで凜を転ばせようとする、熱い給食の鍋を当番と二人で運んでいる時、突然教室から出てきて足を蹴る、など非常に危険な行為が凜に向けられた。命の危険を感じた。どうして命の危険を感じながらも、毎朝地獄に送り出さなければいけないのか。

季節が秋を迎える頃、「自主休学」という選択をした。あの時の、凜のほっとした顔を忘れられない。真顔で、「小学校って残酷なところやなあ」と呟いた。

毎朝、凜は祖母に連れられて、公園や野原を愛犬を連れて散歩した。草むらの虫に目を凝らし、飛び交う蜻蛉《とんぼ》を追い、朝露を踏みながら団栗《どんぐり》の落ちる音を聞いた。それらは凜の俳句作りの舞台となった。凜が感性のままに言葉を五・七・五にすると、祖母が携帯メールに打ち込み、仕事中の私に送信してきた。そして夕食後、書字練習を兼ねて、その日の句を清書させた。ある時、その俳句を学校に見せたことがある。その教師の言った言葉は、永遠に忘れることはないだろう。

「俳句だけじゃ食べていけませんで」。また、別の教師は家に来て凜の前で「おばあちゃんが半分作ってるのかと思っていました」とも。能力に凸凹がある子は、能力の低い部分を指して、その他の能力も低い方に判断されるのか。「得手に帆を揚げ」の格言は、教育の一環ではないのか。悔し涙を飲み込んで、私は以後凜の俳句を学校に見せることを止めた。

そして、以前より祖母がその著作を読んで感銘を受けていた、ニューヨーク在住の教育コンサルタントでおられるカニングハム久子先生に凜の句を送るようになった。先生に認められ、励ましと同時に、「句とともに絵も描くようにしたら」とアドバイスを頂いた。凜は、先生に見て頂く喜びを家族と共に味わった。学校の冷酷な対応にともすればくじけそうになったが、先生に「凜」一字の俳号をつけて頂き、太平洋を越えて凜の俳句は先生のもとに飛んだ。暗闇の中にいた私たち家族にとって、先生は一筋の光であった。

初期の凜の俳句は、目に映るもの、自然に触れたことをそのままに詠んでいたので、季語は入っていたが、切れ字が二つあったり、季重なりになっていたりしていた。

家族に俳句の心得のある者が居ず、俳句の約束事も知らず、俳句とは無縁の生活を送ってきた私たちは、急きょ『俳句入門書』を読んで学び始めた。凜のおかげで、家族にとっても、俳句という奥深い文学に縁する好機となった。

いじめから保護されぬ無法地帯から脱出した凜は生き生きしていた。

これで良かったのだ、これしかなかったのだと思う一方で、しかし、私は義務教育を受けさせられない息子のリスクを思うと、心穏やかではいられない。通勤途中で見かけるランドセルの子どもたちに、家で過ごす凜の姿を思い重ね、「張り切って不登校」の思いが揺らぐこともあった。

「春」

春の虫踏むなせっかく生きてきた

手の平に小さな命春の使者

（8歳）

捨てられし菜のはな瓶でよみがえり
雪やなぎ祖母の胸にも散りにけり
（9歳）

雛納む朱き舞台に立つ日まで

――雛祭りが済んでお雛様を箱に納めました。来年また赤い雛壇に立つのを楽しみにしているように見えました。

（10歳）

帽子とび春一番の悪戯や

――桜の土手を散歩中吹いてきた風に帽子を飛ばされました。追いかけながら笑ってしまいました。

（8歳）

虫捕れば手の甲春が叩きけり

――今年初めてのてんとう虫を見つけました。捕まえようとすると逃げます。やっと出てきた虫たちを捕るな、と春に手を叩かれたような気がしました。

（10歳）

竹林の衣となりぬ春霞

――学校帰りの道に池があります。向こう岸に竹林があり、一帯にかすみがかかっていました。

（10歳）

寄り道の白梅の道帰りけり

――学校帰りに寄り道をしました。坂を登っていくとそこに白梅が咲いていました。

（10歳）

春嵐賢治のコートなびかせて

――嵐のような日、コートのえりを立てて歩いていると、宮沢賢治のコート姿の写真を思い出しました。

（10歳）

躑躅《つつじ》もえ怖ろしい程色の濃き
豌豆《えんどう》や紋白蝶の花になる
ゆっくりと花びらになる蝶々かな
（すべて9歳）

ブランコの鎖を持てば液体窒素

（8歳）

蒲公英《たんぽぽ》や霜将軍にやられずに

（8歳）

いじめ受け土手の蒲公英一人つむ

（11歳）

いじめは収まらず　――でも、僕には俳句がある　母・史

二年生の三学期、何とか登校を再開させたが、三年生に進級しても、いじめのない学校生活は望めなかった。心身共に成長する年齢になると、成長の遅れのある者への差別意識はいっそう増して凛を襲った。凛は体は成長したが、未熟児特有の頭の大きさがあった。それを「岩石頭」とからかわれ始めた。敏しょう性がなく、運動の苦手なぎこちない動作もからかいの対象になり、連日いじめられた。

たまりかねた祖母は担任に頼み、教壇に立って子どもたちに訴えた。
「凛は小さく生まれたの。一生懸命皆に追いつくように頑張ってるんだよ」
だが、それがかえって、「胎児頭」という残酷なからかいに繋がった。ある日、凛が家にあった『人体図鑑』をめくって何か調べている。「胎児頭って言われた。胎児の頭ってどんなんか調べてる」と彼は言う。子ども達に訴えた事が裏目に出て、祖母は深く落ち込んだ。本来なら母親がするべきことを高齢の祖母にさせてしまったことが、申し訳なかった。

三学期になり、「障害者は学校に来るな」と言っている子がいると同級生の子から直接聞かされた。

四年生になると、授業中、同級生と口論になったことから面と向かって「障害者！」と言われ、居たたまれず教室を出た凛の背後から、クラス中の笑い声が聞こえたと言う。たまたま教師が不在で

あった時だ。凛はどれだけの屈辱を味わったことだろう。その哀しみを思うと今でも怒りに震える。それでもまだどこかで学校を信じ、登校を続けさせていた。

凛の俳句が朝日新聞の「朝日俳壇」に入選したのは、そんないじめの最中だった。三年生の十二月に初入選。大人の投稿に混じっての入選に、母と祖母とのダンスがいつもより盛大に行われ、そこに凛も加わって三人の喜びの輪になった。翌年二月、四年生の六月、七月に二回と入選を重ねた。凛は辛い思いをしても、「僕には俳句がある！」と言うようになった。続いて、朝日新聞の取材を受けて記事にして頂いたことが、凛の、いや、家族全員の大きな希望に繋がった。学校には俳句を一切見せないことにしていたが、入選したことを伝えた。喜んでくださった担任の先生が、学校でも俳句ができそうな場面になると「ハイ、一句！」と声をかけ、凛は学び舎でも俳句を詠むようになった。凛が口にした俳句を先生が連絡帳に書き留めて知らせてくださった。

四年生の時、朝日新聞の招待で俳句講座に参加し、選者の長谷川《はせがわ》櫂《かい》先生にお会いできた。会場は年配の方々ばかり。その中での参加は会場で注目されたが、先生から優しい言葉と、サインを頂いた。長谷川先生との出会いは、凛には小学生時代の最も誇らしい喜びの一つになった。朝日新聞に先の記事が載った時は、先生から句を頂いた。

「小さく生まれ大きく育て雲の峰」

リビングルームの額に入ったその句を見ては、親子共々励ましを頂いている。

五年生になり、言葉の数も、腕力も増した同級生たちのいじめは、心身ともに凛を傷つけた。ドッチボールでは、ボールを首や顔面に腫れるほど狙い打ちされた。「邪魔じゃ！　消えろ！　クズ！」と罵《ののし》られたこともある。凜は先生に訴え、耐えていたが悔しくて「僕、リベンジしてきます」と足を蹴りに行った。先生は授業の最後に全員に向かって、「この授業で問題を起こした人、立ちなさい」と言った。凜は「僕は問題を起こされた方で、起こした方ではありません」と抗議したが、双方とも立たされた。私がその話を聞き、「誰が見ても力関係が明らかなのになぜ、他の子たちの前で立たせる必要がありますか」と抗議すると、「喧嘩《けんか》両成敗《りょうせいばい》です。他の先生も皆、こうやって指導してます。お母さん、目を覚ましてください！」と取りつく島もなかった。

親も子も疲れ果てた。子どもが安全で楽しい小学校生活を過ごせるようにと、学校との対話を繰り返してきたが、その努力は、徒労に終わった。

「もう、学校を退学する」と凜は宣言した。私も、不毛地帯から凜を引き離すため、六月中旬から再び、不登校と決めた。車で学校の近くを通るのさえ凜は、「嫌な物が視界に入る」と嫌悪した。今も不登校は続いている。

そんな学校にも、凜が「一番好き」と言う友がいる。同じクラスのR君だ。

地域のだんじり祭りの日、凜と祖母と三人で見物に行った時のことだ。はっぴ姿で綱を持ち走る子どもたちの中から「凜ちゃん！」と声がする。見るとR君である。R君はだんじりから離れ、見物する私たちのそばに駆け寄って来て声をかけてくれた。

「凜ちゃん、また、学校に来て」

2011.05.07

私も祖母も胸が熱くなった。祖母はR君を抱きしめていた。

ある時、R君が体格の大きな子数人にのしかかられていた。凜は助けようとして、その中に飛び込んだ。先生からの報告を受けて、「自分が勝てる相手ではないのに、なぜ助けようとしたの」と正したら、「男の血が騒いだんだよ」と事も無げに言った。いじめに刃向かえずやられっぱなしの凜に、こんな側面があろうとは…。

凜の味方をしてくれるR君や、他にも優しいお友達はたくさんいるが、暴言・暴行のいじめが存在し、凜が学校から守ってもらえない限り、親子で「不登校」を選択した。

家にいる凜は、午前中は私が用意した国語や算数の課題に取り組む。午後からは読書や工作、夕方は祖母と愛犬の散歩がてら公園に行き、俳句の題材を一句にする。帰宅した私に、その日の秀作（?）を報告するのが日課になっている。

これまでは寝言で「やめて!」「返して!」と叫んでいたこともあったが、寝言が笑い声に変わっているのに気づいた。家族も共にストレスの無い生活の中で、家の中に穏やかな時間が流れていった。

夕食後のひととき、にわか俳人（?）三人が句会をする。

「ねえ凜、俳句は、余情・余韻の文学と本に書いてあるけど、この意味わかる?」

母の問いに、凜は答える。

「お寺の鐘がゴーンと鳴って、うわんうわんと響くだろ?　それが心に残ること」

そういえば、三年生の夏休みのこと。公園で拾い集めた蟬《せみ》の抜け殻をいつまでも居間の飾り棚に並べていた凜に、「目玉が気持ち悪いから、捨てて」と祖母が言い、押し問答をしていた。譲らない凜に祖母が根負けし「じゃあ、一句出たら置いといてもいいよ」と言うと、即興でこう詠んだ。

「抜け殻や声なき蟬の贈りもの」

抜け殻にも物語を感じる凜には、余情・余韻の表現が深まる時が、いずれくるだろう。その抜け殻は、今も大事に保管されている。

「夏」

蟻の道シルクロードのごとつづく
おお蟻よお前らの国いじめなし
蟻の道ゆく先何があるのやら

（すべて11歳）

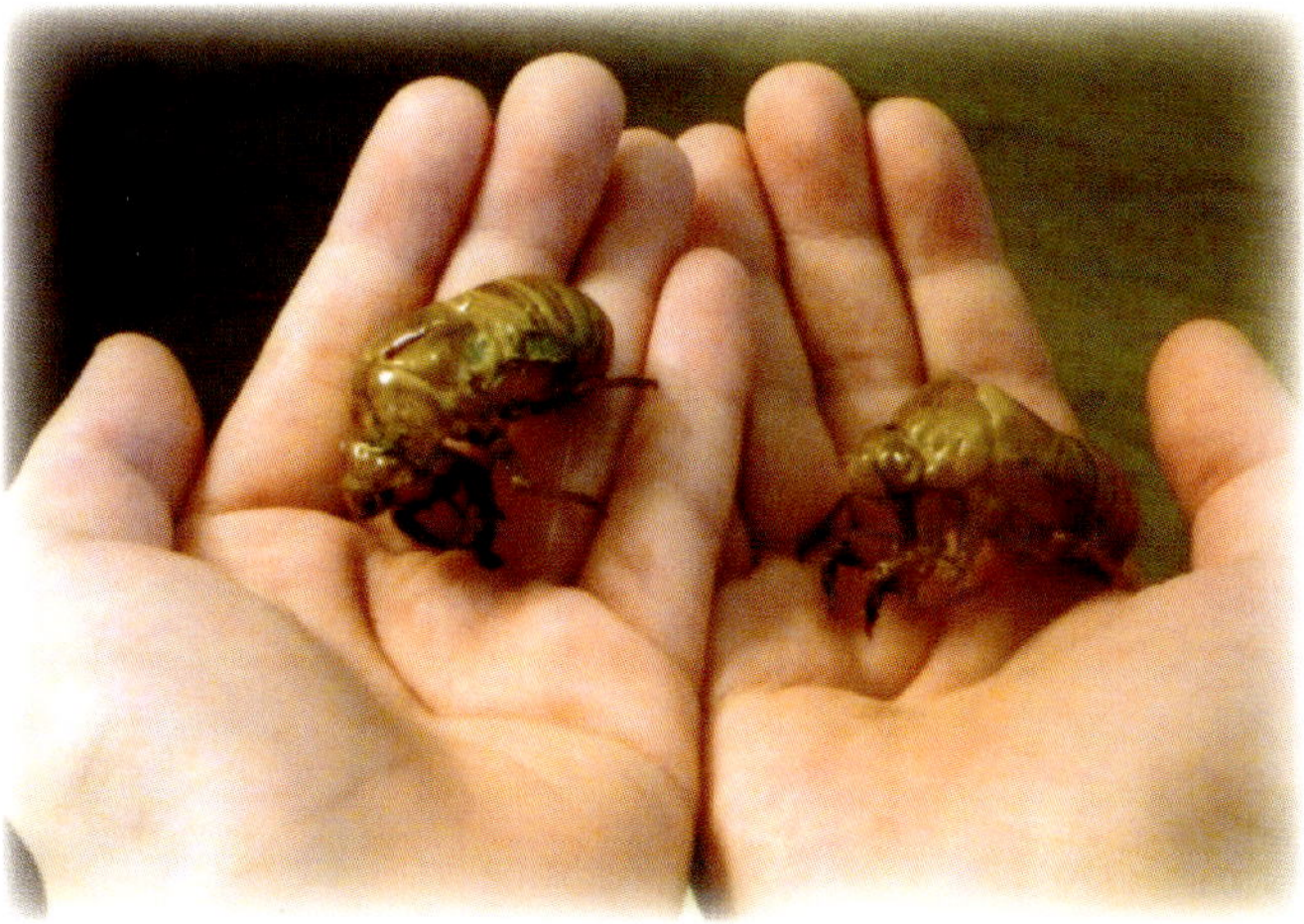

穴の主七年眠り夏の空

（10才）

携帯の音かき消して蟬しぐれ

（10才）

抜け殻や声なき蟬の贈りもの

（9才）

かき氷含めば青き海となる

――青いシロップのかき氷を食べていました。口に含むと溶けていく感触で青い海原を思い浮かべました。

（11歳）

ラムネ飲み伊勢の思い出噴き出して

――中にビー玉が入ったラムネを飲みました。開ける時シュポッという音と共に勢いのいい音もして泡が吹き出しました。

（9歳）

苦境でも力一杯姫女苑《ひめじょおん》

――車道の脇に白い花が咲いていました。排気ガスのすごい環境でも小さな花をたくさん咲かせていました。僕は今、学校でいじめられていますが「力一杯」という言葉が浮かびました。

（10歳）

万華鏡小部屋に上がる花火かな

――万華鏡作りをしました。出来上がって中をのぞいて筒を回すとまるでそこに花火が次々と上がっているようでした。

（10歳）

大きな葉ゆらし雨乞い蝸牛《かたつむり》

――登校途中、大きな葉に蝸牛がはっているのを見て詠みました。

（8歳）

羽化したるアゲハを庭に放ちけり

――毎年、アゲハの幼虫を育て、さなぎから羽化した蝶を庭に放しています。今年も二匹羽化し、我が家から旅立ちました。

（10歳）

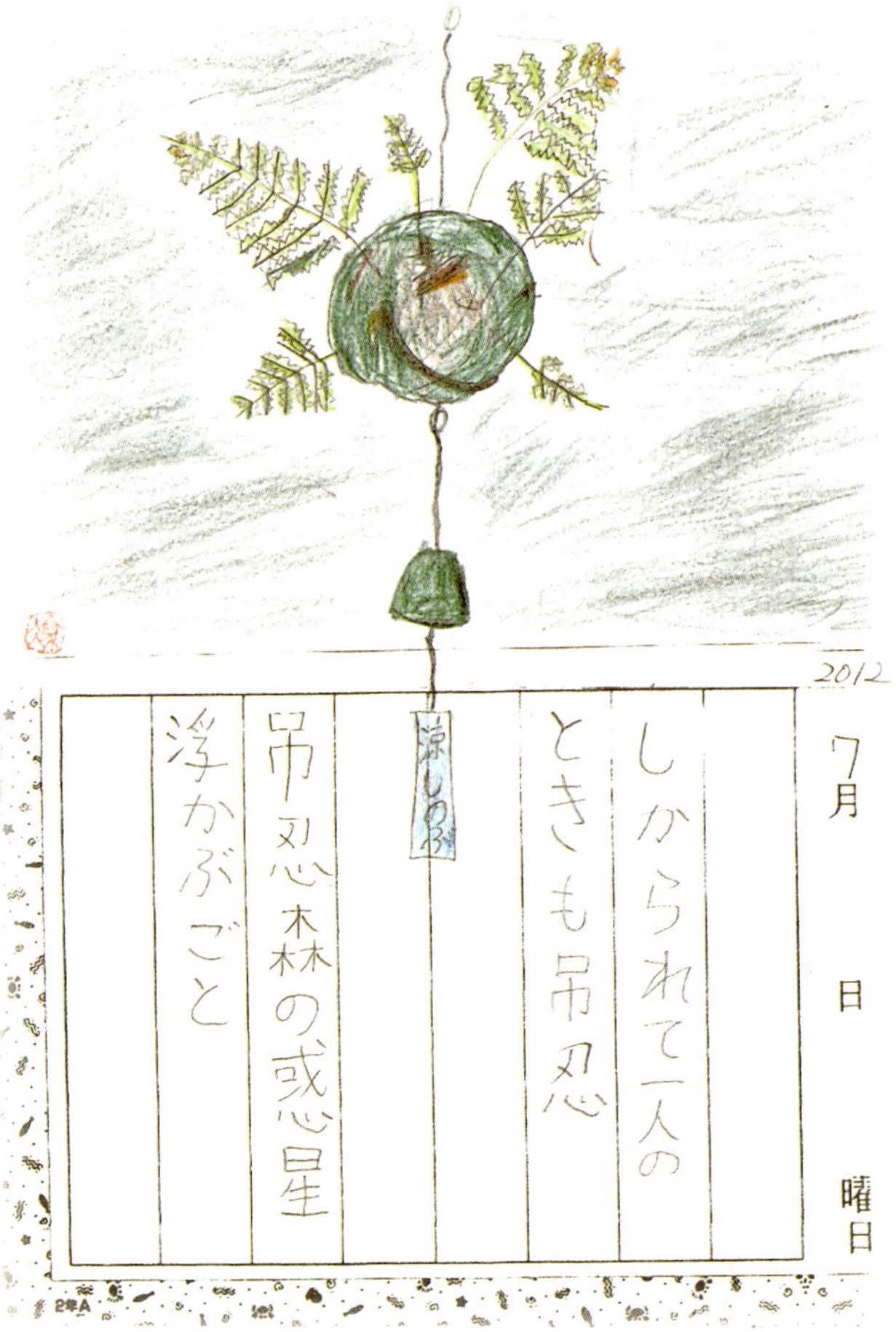
2012
7月 日 曜日
しかられて一人の
ときも吊忍
涼しのぶ
吊忍森の惑星
浮かぶごと
2年A

（11歳）

落とし文誰を思いて文落とす

無邪気なり銭亀我に近づきて

ゴーヤ熟れ風に新聞読まれけり

（すべて10歳）

成虫になれず無念のかぶと虫

――毎年かぶと虫が大量に発生する木があります。その木の周辺に、白い大きな幼虫があちこちに死んでいるのを発見しました。

（10歳）

尺取虫一尺二尺歩み行く

――いじめられて学校を休んでいます。道で尺取虫に出会いました。人生あせらずゆっくり行こうと思いました。

（11歳）

蟬の殻お払い箱となりにけり

――蟬は羽化すると、それまでお世話になった自分の姿を捨ててしまいます。

（11歳）

迷い蟬君の命はあと五日

――すだれの内側に止まったままの蟬。まだ、生きている。地中から出てきて二日くらいかな。じゃあまだ、あと五日は命があるはず。まだ、死ぬなよ！

（9歳）

蓮の花祖父を送りて沈みけり

――七月十一日に祖父が亡くなりました。告別式が終わって家に帰ると、庭に蓮の花が咲いていました。数日後、その花が鉢に沈んでいるのを見て「おじいちゃんを送って役目が終わったんだな」と思いました。

（11歳）

亡き祖父の箸並べけり釣忍《つりしのぶ》

――夕食のお手伝いをしている時、つい、祖父の箸も出して並べてしまいました。外では釣忍の風鈴が鳴っていました。

（11歳）

月　日　曜日
空へ投げ一番星に
なる海星《ヒトデ》
放たれて大海原へ
海星《ヒトデ》かな
貝見れば海の思ひで
香り立つ
凜
2年A

（10歳）

世界の蝶と甲虫展

生まれしを幸かと聞かれ春の宵　　　　――――祖母・郁子から凛へ

命だけでも助けてくださいと祈ったあの日から、苦闘の通院は夢のように過ぎた。散歩を日課にできるほどに成長した時、凛は、夕暮れの空を見上げて
「月は東に日は西に。かるたにあったよ。蕪村だ」

と言った。以来、折に触れ、五・七・五のリズムが歌のように出てくる。金木犀《きんもくせい》の側で近所の奥さんと立ち話をしている時、「金木犀香りのゆうびん風に乗り」と突然詠んで、褒めてもらった。褒められるとその方の前でまた詠みたくなるのか、黄金虫《こがねむし》を手に、「黄金虫色とりどりの動く虹」と詠み、この句はその後、朝日俳壇に入選して、その奥さんにも、たいそう喜んで頂いた。

可愛がって頂いているお隣さんには、「頂いた鰤《ぶり》の照り焼きほぺたおち」とお礼の句を差し上げた。ユーモラスな表現は彼の得意。冬至《とうじ》の翌日、湯船の「柚子《ゆず》」を捨てようとしたら「柚子風呂やパワー切れたら観賞用」。もう捨てられない。スーパーへの道すがら、雀に「小雀や舌切られるな冬の空」。私は彼の優しさに惚れ込む。

この平穏な日々は小学校入学と同時に一変した。凄まじい「いじめ」。非道な隠蔽《いんぺい》に終始した担任。「地獄」にせっせと孫を送っていた悔いは今も私をさいなむ。しかし、苦悩の末に選んだ不登校の期間は、彼にとって格好の俳句多作季節となり、癒された。その俳句を彼の成長の証として学校に持って行ったのに、一笑に付された時、「俳句しかないのに」と私は奈落の底に落ちた想いだった。でも、同

じ小学校の子のお母さんが「おばあちゃん、違う！　俳句しかない、ではなく、俳句がある！　なんや」と励ましてくれた。

　ある夜のこと。帰宅の遅い母親を待って針仕事をしていた時、横で彼が針箱の整理をしてくれていた。いじめられてもめったに言葉には出さずに、小さな胸で耐えていると思うと不憫《ふびん》で、つい聞いてしまった。

「凜、生まれてきて幸せ？」

「変なこと聞くなあ。お母さんにも同じこと聞かれたよ」。そして、凜は沈黙の後、一句。

「生まれしを幸かと聞かれ春の宵」

　早速、仕事中の母親にメールで送る。「神は汝が耐え得ること能わぬ程の試練に遭はせ給はず」。かつてカニングハム久子先生の手紙にあった聖書の一節がふと思い浮かぶ。

　そう、失望だらけの教育現場だったが、そこに一本のバラが咲いていたことも、ここに記しておきたい。娘・史の文章にも書いてあるように、傷だらけの一年生の凜を引き受けた先生がいた。私は感謝の詩を書いて渡した。

「人間の不思議」

先生の姿が廊下の向こうに見えた
先生の周りから天使が羽を広げ　私に向かって飛んできてそっと体を包んだ
先生の笑顔をちらりと見ただけで　私の心の氷が溶けていく不思議
私の日々の苦労が明日への希望に変わる　超低体重児で生まれ視覚に問題がある孫
入学と同時に顔や体にいじめのアザ　登校させないと決めたとき
素知らぬ顔の担任から孫を引き取った先生は　私たち家族の慈母観音

保護者の涙の訴えをモンスターと呼び　モンスター教師の存在が隠れる不思議
あれから三年、心ある支援の先生に恵まれ　今日も元気に通学してるのも
先生にあのとき救われたから

時が流れても、先生とすれ違っただけで
満たされていく人間の不思議　黙っていてもぬくもりが伝わる不思議
教職にある私の娘たちも、生徒や保護者に
先生の様な人間の不思議を与える　教育者になって欲しい

北風吹雪く三学期、雪の天使よ舞い降りて
不自由さを抱えた子供たちを包んでおくれ

A先生へ　平成二三年三月

先生に、毎年庭に咲かせたバラを凛に持たせたじいちゃんは、昨年夏、突然黄泉路を翔けた。五年生、不登校の君に心を残して。ばあちゃんは、君が俳句で心豊かな人生を過ごすのを見届けたいが、叶わぬ年齢に来ている。

君と手をつないで歩いた散歩道、沢山の俳句を生み出した通学路、住宅地周辺の緑の中を、成人した君は誰と歩いているだろう。

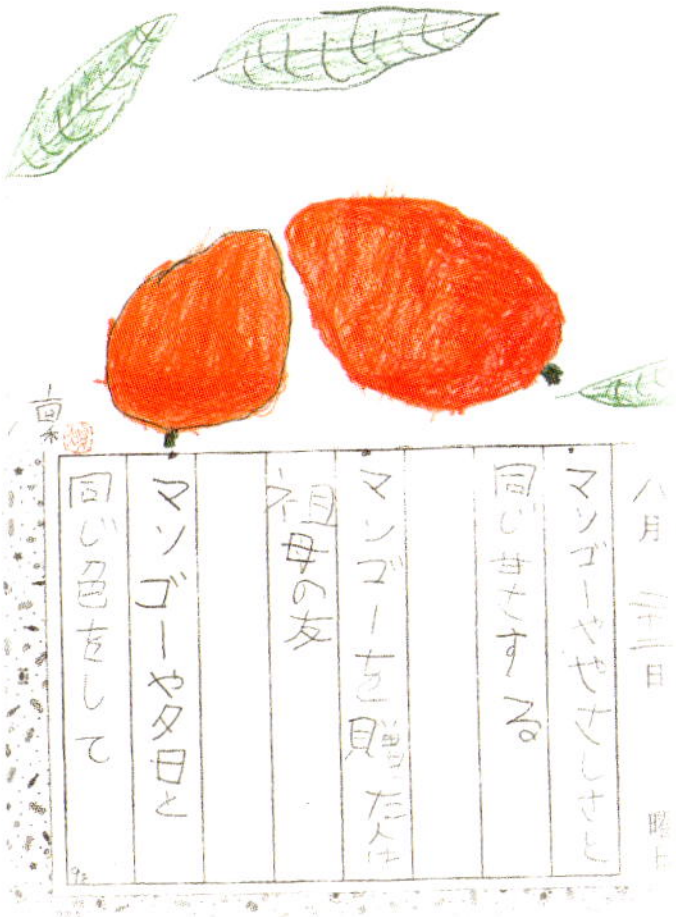

〜カニングハム久子先生のこと〜

「素晴らしい俳句を書く男の子が大阪にいます。一度会ってみませんか?」

ニューヨーク在住の教育コンサルタント、カニングハム久子先生からメールを頂いたのは、昨年(2012年)のこと。「いじめられて、いま、不登校です。お家で俳句を詠む毎日なんです」。凜君の祖母・郁子さんとカニングハム先生は、もう二十年来もお手紙のやりとりをされているとのこと。先生は凜君のことをよく知っておられました。そのときは正直、興味深いけれど、そういった企画のお話はたくさん頂いており、形にするのはなかなか難しいのですと出版を躊躇した記憶があります。しかしその後、郁子さんから送られてきた作品を拝見。「ぬかるみに車輪とられて春半分」――この句を目にしたとき、本にしなくてはと思い立ち、カニングハム先生にお返事をするとたいそう喜んでくださいました。

「しかし先生、弊社は句集を得意とする出版社ではありません。純粋な句集ではなく、凜君が小さく生まれたこと、いじめのこと、ご家族の想いなども合わせた一冊にさせてほしいのです。読者層も広がります。ただしそれが、凜君の将来にとって正しい道でしょうか」と尋ねると、カニングハム先生はこう仰ってくれました。

「本が世に出るということは、どんな形であっても必ず悪意を持つ人がいます。それでも、創作意欲を失わずに、凜君が与えられた使命を全うしてほしい。この出版は凜君の将来にきっと繋がりますし、また、郁子さんから凜君への最大の贈り物となることでしょう。大人になった凜君がこの本を手にするたび、大好きなおばあちゃんを思い出せるように」。

この言葉に背中を押され、私は凜君に会いに行き、こうして本にすることができました。カニングハム先生の優しくて厳しいまなざしに、どんなに助けられたかわかりません。

余談ですが、先生との出会いは、東日本大震災時の宮城県女川町のエピソード『まさき君のピアノ 自閉症の少年が避難所で起こした小さな奇跡』(橋本安代著)という本を弊社が出版したことから始まります(本書巻末参照)。まさき君の母・安代さん、そして凜君の母・史さん。お二人とも息子さんへの愛情あふれる、強くて美しいシングルマザーです。「苦境でも力一杯姫女苑」――凜君のこの句を読むたびに私は二人の母の顔が浮かびます。

多くの出会いと学びを与えてくださったカニングハム先生に、心からの感謝をこめて。

本書担当編集・小宮亜里

月　日　曜日（　　）

俳句はいつも
春は俳句の花が咲き
夏は俳句の稲育つ
秋は俳句の実がみのり
冬は俳句の風が吹く

凜

カニングハム先生へ

ススキのほ
白尾のきつね
かくれてる

（8歳）

「秋」

実石榴《みざくろ》の音立てて割れ深呼吸

――散歩の途中に大きな石榴の木があります。よく実って、大きく口を開けるようにぱかっと割れているものもあります。

（10歳）

ななかまど燃えたくなくて実を揺する

――ななかまどの木は七度竈《かまど》に入れても燃え残ると言われるほど、燃えにくいことから名前がついたことを知りました。

（10歳）

無花果《いちじく》を割るや歴史の広がりて

――無花果を食べながらお母さんが「無花果は世界で最も古い果物の一つなんだよ」と教えてくれました。

（10歳）

駄菓子食べ昭和に戻る秋の午後

――子ども会から頂いたお菓子は、ラムネ菓子やアメなど、見たことがないものばかりでした。僕は昭和は知らないけど、お母さんたちが小さい頃、こんなおやつを食べていたんだなあと思って詠みました。

（11歳）

野あさがお朝日に向かい敬礼す

――早朝、野原に行きました。野あさがおが草木に巻き付いて、いっせいに朝日の方向を向いて咲いています。

（11歳）

茜雲《あかねぐも》月の蒲団となりにけり

――夕方、雨戸を閉める時、西の空が赤く染まり、上の方には月が出ていました。

（9歳）

露《つゆ》草や天《あま》降る露と同じ青

ねこじゃらし祖父の土産に摘みにけり

（ともに9歳）

蜩《ひぐらし》の日を沈めしが仕事かな

秋晴れの心の晴れぬいじめかな

（ともに11歳）

半月や静かな海はどこにある

吟遊や月が見守る野原行く

枯れ薄《すすき》百尾の狐何処《どこ》行った

（すべて8歳）

煌《こう》煌《こう》とまた煌煌と月見どき

——お月見の夜、ベランダに出ました。ちょうど空に雲もなく、くっきりと月が出て、美しく光っていました。

（10歳）

乳歯抜けすうすう抜ける秋の風

——乳歯が抜けました。息をすると、そこだけ風が通り抜けるようです。

（9歳）

目を細め工作祖母と秋の午後

——僕と紙工作をしている祖母の目が細くなっています。

（9歳）

台風や夜の星まで連れ去りて

――関西に台風が来た時に、何もかも奪い去っていく台風のことを詠みました。

（10歳）

秋の雲天使の翼羽ばたいて

――秋の空に、翼を広げたような雲が浮かんでいました。

（9歳）

老犬の居たあとぬくし星月夜

――愛犬がずっと寝ていた床の上を手で触ってみると、ほんのりと温かさが残っていました。

（11歳）

ぶらんこや蓑虫となり揺れている
（8歳）

冬瓜や巨大な卵ジュラ紀見ゆ
（9歳）

木《き》守《もり》柿飢えし野鳥を待ちにけり
（10歳）

老犬の足音秋を知らせけり

（11歳）

見渡せば紅葉じゅうたん風仕立て

（9歳）

紅葉で神が染めたる天地かな

（9歳）

笑顔と温もりをくれる人〜ショーン・ハート先生　母・史

ショーンは私たち親子にとって、英会話の師であり友である。

私が通っていた「A+Academy（エイ・プラス・アカデミー）」という英会話教室に、五歳になった凛を伴って行くようになった。ショーンはその教室の教師である。

クリスマスに、サンタの格好をしたショーンがプレゼントを家に届けに来てくれたこともある。本物のサンタに抱かれたように、凛は喜んだ。レッスンの度に、凛のこと、学校でのいじめのことも話していたので、今やショーンは凛の良き理解者である。私が個人レッスンを受ける間、凛は本を読んで傍で待ち、その後、凛も三十分程の個人レッスンを受ける。教えを受けて六年近くになる。

ショーンはアメリカ・ロサンゼルスの出身で、温かな笑顔とユーモラスな会話は凛も大好きだ。四人のお子さんがあり、日本語も堪能で、英語俳句を趣味として詠まれるので、家族と共に凛の俳句の共通理解者だ。

凛の俳句を持参すると英訳もしてくださる。ある時、ショーンが俳句や絵をCD-Rに焼いてくださった。パソコンに疎《うと》い私にはできないことで、それは、我が家には驚異的な出来事だった。パソコン画面に映る自分の絵や俳句に、凛は驚嘆《きょうたん》の声を上げた。

そして、「僕、生まれてきて良かった」と言った。

凛の口から初めて聞くこの言葉に、母も祖母も、胸が熱くなった。まだ新聞に入選する以前だったので、凜が自己肯定感を与えられた初めての出来事だった。

ショーンは、疲れ果てている母親、いじめに苦しむ凜を、常に温かい言葉で導いてくれる。今も心に残るエピソードがある。ある時、ショーンが私にこう話してくれた。

「日本では、コミュニケーションの苦手な子がうまく挨拶ができなかったりすると、その親は『すみません、こんな子なので』と言うでしょう？　なぜ、『アイム・ソーリー』と謝るのか。アメリカでは、違います。『アンダスタンド・ヒム（彼を理解してください）』と言うんです」

アメリカでは、ありのままのその子が受け入れられることが自然な社会なのだと知り、日本との文化の違いを教えられた。

また、苦難の連続の私にこんな話を聞かせてくれたことも。

――男性が旅をしていた。険しい山を越え、来る日も来る日も歩き続けていた。ある時、男は神々しい光に包まれて、声を聴いた。「道に落ちている石ころを、あなたの鞄にできるだけたくさん詰め込んで持って行きなさい。あなたは明日の夜が来れば、喜びと悲しみの両方を味わうことになるだろう」と。男は「どうして何の役にも立たない石ころなんか運ばなくてはならないのか。お告げならば、もっと価値のありそうなことを言ってくれたら良かったのに」とがっかりした。

だが、男は不満の声をあげながらも、数個の石ころを拾って鞄に入れた。そしてまた、旅を続けた。次の目的地に着き、男は鞄を降ろし、その中を見た。すると、石ころはすべてダイヤモンドに変わっていた。男は喜んだ。そして同時に、もっとたくさんの石ころを詰め込んでおけばよかったと、悲しむことにもなったという。

　そして、ショーンは言った。

「こんな無駄なこと！　と感じることでも、それが自分の長い人生の中で、いつ輝きだすかはわからないんだよ」と。この話の原文は英語で、題名は〝The Magic Pebbles〟「魔法の小石」という。

　凜はショーンとの時間で、英会話をしながら、英語のゲームや手品をさせてもらう。ハロウィンの時には、仮装した凜の写真を撮った。ダース・ベイダーや海賊になりきった。凜のありのままを受け入れてくれるショーンのおかげで、凜は異文化に触れ、英語を学ぶことが大好きになった。ショーンは英会話の師であると同時に、私たちを幸せな思いに変えてくれる人生の師でもある。レッスンを終えて車を走らせる私の心は、いつの間にか軽くなり、車窓を眺める凜に「はい、一句」と声をかける心境になっている。

　二〇一一年の七月に父（凜の祖父）が他界した。

　通夜に駆けつけ、祖母と凜と私の三人になった家族を、両手を広げ一度にハグしてくれた温もりも、私たちはずっと忘れない。

ハロウィンのゴリラの仮装をしたショーンと凛

顔と手だけゴリラになった凛とショーン

「冬」

句作とは苦しみの苦や外は雪

――俳句を作るのは楽しいです。でも、いい句が浮かばない日が続くと苦しくなってきます。そんな時にこの句が浮かんできました。

（10歳）

雪舞いてスノードームは別世界

――暖かい部屋の中にスノードームを飾っています。ドームの中は雪で真っ白で寒そうです。

（11歳）

手袋や小指に眠る小《ち》さき種

――寒い朝、今年はじめて手袋をはめました。指を入れると小指に何かあたります。見ると、いつ入ったのか小さな花の種が一粒入っていました。

（10歳）

寒空にアンモナイトを掘る僕だ

――野原に小さく崩れた崖があります。僕は発掘道具を持ってよくそこに行きます。水中メガネをかけて、コンコンと土を掘ります。考古学者の気分になります。

（10歳）

肩並べ冬のアイスに匙《さじ》ふたつ

――寒風吹きすさぶ中、おやつに祖母とアイスクリームを食べました。アイスは冷たいけど、心までは冷えません。

（10歳）

北風や水面の月のかき消され

――学校からの帰り道には池が点在しています。夕方の月が池面に映っています。風とともにさざ波が起こり、月の姿が消えました。

（10歳）

影長し竹馬のぼくピエロかな

（9歳）

風花《かざはな》を部屋にまねいて日曜日

（10歳）

夕日射し冬の一日《ひとひ》を回収す

（11歳）

飼い犬のムンクの叫び寒空に

（8歳）

影長し冬夕焼けに手をつなぐ

――夕日の散歩道、手をつないだ母と僕の影が長く道路に映っていました。

（10歳）

落葉坂犬と転げて紅まとふ

――犬の散歩中、引っ張られて坂で転んでしまいました。犬がじゃれてきて二人とも紅い落ち葉が体中につきました。

（10歳）

朴《ほお》落《おち》葉《ば》あおげば悟《ご》空《くう》飛ばしけり

――三十センチもある大きな朴葉まで落ちていました。孫悟空に出てくる芭蕉扇を思い出し、牛《ぎゅう》魔《ま》王《おう》の妻の気分であおぎました。

（10歳）

オペ受けて麻酔切れたり冬の空

——麻酔が切れた時の傷の痛さを初めて体験しました。

（10歳）

置物と見紛う猫や冬日向

——通学路の家の庭に、陽に向かってぴくともしない猫がいました。

（10歳）

雑煮膳一つ多きは亡き人に

——お正月、祝い膳が一つ多く並べてありました。「これは誰の分？」と聞いたら祖母が「生まれて四ヶ月で亡くなったきみのお母さんのお姉さんの分」と言いました。

（10歳）

万両の赤さに見とれロマンかな

万両の色あざやかなルビーかな

つくばいや椿の花がひとつ落ち

（すべて8歳）

水仙とたわむれたるは置き狸

（9歳）

水仙や香りひろがる僕の部屋

水仙やセラピーされる僕だけど

（8歳）

「再び冬から春へ」

冬蜘蛛《ぐも》が糸にからまる受難かな

（8歳）

枯《かれ》野《の》原《はら》踏みて歳月数えけり

（11歳）

蒲公英《たんぽぽ》の横に座って日向ぼこ

（9歳）

節分の鬼あわれみて豆打たず

（11歳）

湯に浸る春の微笑み肌に触れ

（10歳）

蜆《しじみ》蝶《ちょう》我の心の中で舞え

（11歳）

ぬかるみに車輪とられて春半分
（8歳）

蒲公英《たんぽぽ》や試練乗り越え一斉に
（8歳）

上着脱ぎ春一番とともに行く
（9歳）

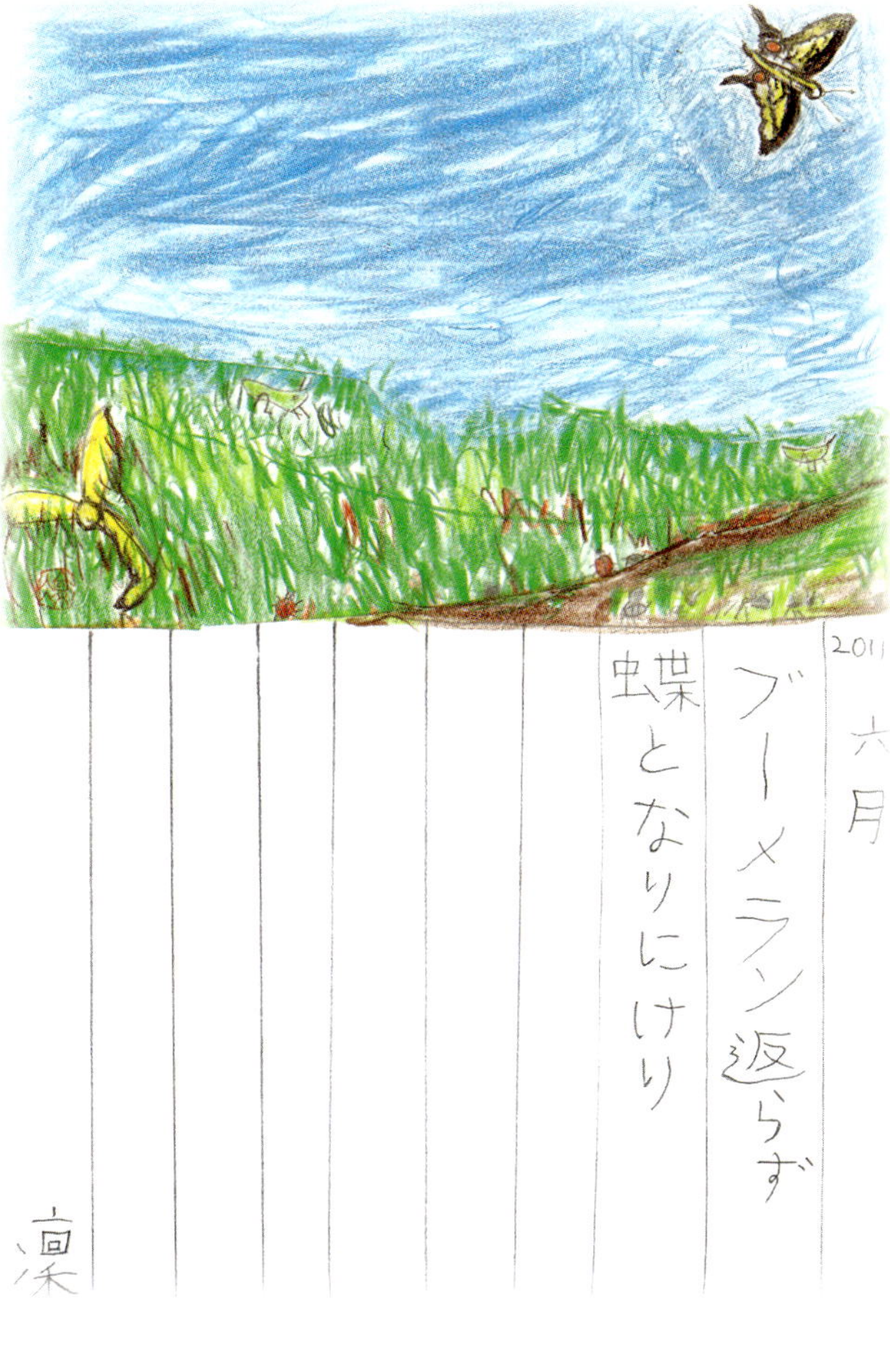
2011 六月
ブーメラン返らず
蝶となりにけり
凜

（10歳）

「学校の句、友達の句、命の句」

如月《きさらぎ》や恩師と祖母の写真撮る

（9歳）

薔薇《ばら》咲いて恩師の笑顔思い出す

（10歳）

だんじりやはっぴの友が我を呼ぶ

（11歳）

秋彼岸犬も故人の部屋のぞく

（11歳）

冬ごもりパン生地こねる母の指
（8歳）

春の日や祖母の鼻歌れんぱつし
（8歳）

秋の暮米とぐ音やお手伝い
（10歳）

夕焼けやもう居ぬ祖父はどの雲に
（11歳）

法事済み一人足りなき月見かな
（11歳）

寄り添いて老犬と我夜長かな

吾が嗅げば犬も嗅ぎ来る若葉かな

老犬の鼻面踏まず夏の部屋

形なし音なしけれど原爆忌

生き延びろ目白の尾羽雪まとう

（すべて11歳）

あとがきにかえて　　母・史

「いじめ」からわが子を守ることに徹しての五年間。幸せな小学校時代を与えてやれなかった、取り返しのつかぬ思いの母を救ってくれたのは、凛の俳句だった。

多くの友と学び、転がりまわって遊ぶ。幼稚園の時から、友達が大好きな凛だった。しかし、それができない環境に遭遇してしまった。命を脅かされる前に幼い凛を登校拒否にした決断は正解であり、決して不幸ではなかった。学校にいじめを正し、守ってくれる人がいなければ、そこで精神的・身体的危害に耐える必要など全くないのだ。

凛はいじめの蔓延する学校に決別し、凛自身の得手（俳句）で家族と自分を幸せな気分にさせた。この決断をするまでに、四年有余を要した。

不登校から九ヶ月。その間、四月から新しく赴任された教頭先生が、週に一回は凛の顔を見に家庭訪問してくださっている。また、冬休みに入って、通級指導教室の先生が来られた。一年生の時にいじめから不登校にさせるところを引き受けてくださった先生だ。

この時、いつもなら自分の話が済むと「失礼します」と言って自分の部屋で本を読んでいる凛が、なぜかこの日は動こうとせず、祖母と談笑している先生の前に来て座った。そして切り出した。

「あの、もしお時間よろしかったら、聞いて頂けますか?」

今までに無かった凛の行動に、何を言い出すのかと祖母は驚いた。先生は、はっとした顔で「ハイ」

と言い、さっと座り直し、凜の顔を直視された。

凜は、先生の顔をじっと見ながら、一年生から今日に至るまでの、辛かったこと、悲しかったこと、上級生から階段で度重なる危険ないじめに遭い、その担任に訴えてもまともに聞いてもらえなかった悔しさを話した。凜が先生に思いの丈を切々と訴える姿を初めて家族は見た。この先生に聞いてほしかった凜の心の傷の深さを、思い知った。そして、最後に凜はこう締めくくった。

「こんなことが蓄積《ちくせき》されて、あのう…、あの大津の子は…」

と、口ごもった。大津の事件の、いじめで自ら命を絶ったあの子の想いを言いたかったのだ。「いじめは犯罪である」と社会に認識させたのは、大津の子のかけがえのない尊い命とご家族の愛と信念であることを、誰もが心に刻んでいる。

先生は、何度も頷きながら凜の話を聞いてくれ、勇気づけようとこう仰った。

「わかりました。私はあなたの俳句のファンです」


休日の夕方、いつものように凜は「お母さん、お散歩に行こう」と誘う。

凜は自転車で、私は虫かごと網を持たされて、近くの野原へ向かう。夕闇迫る草むらでバッタを追い、ねぐらに戻る鳥の群れを仰ぎ見る。そこで私は「はい、一句！」と誘う。

「苦戦かなつるべ落としのバッタ捕り」

生まれたての俳句と、捕まえたバッタを手に、夕暮れの帰宅。バッタはそっと庭に放す。

凛が俳句の世界を我が家にもたらしてくれたおかげで、「張り切って不登校」と心から言える。願わくば、いつか凛が教育現場で尊敬する「師」と出会ってくれる日が来てほしい。また、大人になった凛が懐かしく思い出せるような「学び舎」を得て欲しい。これが家族の切なる願いだ。この九ヶ月ほどは、午前中は私が用意した課題に取り組み、午後からは小学校過程の学習をさせるために、家から歩いて行ける個別指導の塾に通っている。その道すがら寒風の中、小石を蹴って気合を入れ一句。

「冬ざれや小石を溝に蹴飛ばして」

今日もまたリビングを揺るがす、母と祖母との賞賛のダンス。駄作でも全部「秀作!」と言いながら――。凛、いつの日かこの句作の日々を懐かしく思い出してくれるだろうか。その時のあなたの周りには、子ども時代のいじめられた日々を忘れられるほどの幸せがあふれていますように。私たち家族は、まだしばらくは、凛のつたないが清らかで優しい俳句の世界を、共に旅していたいと思う。

最後になりましたが、推薦のお言葉をくださった、聖路加国際病院の日野原重明先生に、心から感謝申し上げます。二〇一一年の秋、百歳になられた先生に凛が「百歳は僕の十倍天高し」と詠んでお贈りし、お返事を頂いたことがありました。

また、ブックマン社との橋渡しをしてくださった、ニューヨーク在住のカニングハム久子先生。先生の愛に包まれて、凛の夢が叶いました。言葉に尽くせない感謝を込めて。

二〇一三年　春

小林凛（こばやしりん）●本名・凜太郎。2001年5月、大阪生まれ。

ランドセル俳人の五・七・五

いじめられ行きたし行けぬ春の雨
——11歳、不登校の少年。生きる希望は俳句を詠むこと。

2013年4月18日　初版第一刷発行
2013年6月27日　初版第四刷発行

著者　小林凜
カバー装丁　片岡忠彦
ブックデザイン　近藤真生
出版協力　カニングハム久子
校正　大河原晶子
Special Thanks　橋本安代

編集　小宮亜里　柴田みどり
発行者　木谷仁哉
発行所　株式会社ブックマン社
〒101-0065　千代田区西神田3-3-5
TEL 03-3237-7777　FAX 03-5226-9599
http://www.bookman.co.jp

印刷・製本　凸版印刷株式会社
ISBN 978-4-89308-799-7